Noche de plenilunio

—

Higuchi Ichiyō

Colección Hilados - 4
Primera edición, noviembre 2024

Noche de plenilunio, Higuchi Ichiyō

C/ Domingo Juliana, 16, 33213, Gijón, España
www.satoriediciones.com

Traducción: Hiroko Hamada y Virginia Meza
Cubierta y maquetación: Marco Recuero
Impresión: Gráficas Eujoa

ISBN: 978-84-19035-90-5
Depósito legal: AS 02095-2024

Impreso en España – Printed in Spain

1

Habitualmente llegaba en un brioso *jinrikisha*[1] negro y lacado, y era recibida por sus padres:

—Oye, ¿no se ha detenido un carrito frente a la casa? Ha de ser nuestra hija.

Sin embargo, esta noche[2] viene en uno alquilado en la calle y que, además, hace detenerse antes de llegar. Se queda de pie en la entrada, abatida y triste.

Dentro, su padre está hablando en voz alta como siempre:

1 También llamado *rickshaw*, es un cochecito ligero de dos ruedas, tirado por una persona.

2 Se refiere a la noche del 13 de septiembre del antiguo calendario lunar, que corresponde más o menos a mediados de octubre del calendario actual. Esa noche de luna llena existía la costumbre de admirar su belleza, ofrendando bolas de arroz, castañas, alubias de soja verdes, hierbas con flores de otoño, etcétera.

—Digamos que soy un hombre afortunado: tengo dos hijos; ambos dóciles; no fue difícil criarlos, y la gente habla bien de ellos. Si tuviera una ambición que no se correspondiera con mi posición social, desearía más, pero no es el caso. ¡Cielos! Debemos estar agradecidos.

Sin duda está hablando con su madre. ¡Ay! ¡No saben nada! ¡Está tan contento! ¿Con qué cara puede pedirle que solicite la anulación de su matrimonio? Con seguridad la reprenderá. Además, está Tarō, el niño a quien dejó[3] para salir corriendo, después de mucho pensarlo. Ahora volverá a disgustar a estos ancianos. ¡Qué amargo será ver cómo la alegría de la que han gozado hasta hoy estalla como una pompa de jabón! ¿Será mejor que se vaya sin decir nada? Si regresa a su casa, será la madre de Tarō y la esposa de Harada para siempre. Sus padres están orgullosos de tener por yerno a un alto funcionario. Y ella, haciendo economías, de vez en cuando puede darles a sus padres algo que les agrade comer o hasta un poco de dinero. Aunque, si se divorcia, según su deseo, pondrá a Tarō en la difícil situación de ser criado por una madrastra, y sus padres, que hasta ahora estaban tan orgullosos, de repente se sentirán humillados. Le preocupa también la opinión de la gente y el futuro de su hermano. ¡Ah!, a causa de su propio capricho, su hermano también tendrá que renunciar a abrirse camino en la sociedad. ¿Acabará regresando a su vida de siempre?

3 Las mujeres no tenían ningún derecho de potestad sobre los hijos, por lo que, cuando se divorciaban, tenían que dejarlos.

¿Volverá al lado de su esposo, ese demonio? ¿Junto a ese demonio, ese demonio que es su marido? No, no quiere.

En el momento en que se estremece, se tambalea e, involuntariamente, su cuerpo choca contra el enrejado de la entrada haciendo ruido.

—¿Quién es? —Se oye la voz recia del padre. Seguro que piensa que se trata de la diablura de un niño travieso que ha pasado por la calle.

—Papá, soy yo... —Por fuera ríe alegre, emitiendo una voz ciertamente encantadora.

—¿Eh? ¿Quién? ¿Quién va? —pregunta el padre abriendo la puerta corredera—. ¡Ah! Eres tú, Seki. ¿Qué te pasa? ¿Qué haces ahí? ¿Por qué has venido tan tarde? Sin un carrito, sin traer a una sirvienta. ¡Vaya! Entra enseguida, pasa. Nos has pillado desprevenidos. No es necesario que cierres la puerta, yo lo haré. De todas formas, es mejor que pases hasta el fondo, donde llegan los rayos de la luna. Bueno, siéntate en un cojín, aquí. El tatami está tan sucio..., ya se lo dije al casero, pero dice que por ahora el hombre que lo va a cambiar no tiene tiempo. Tu kimono se va a ensuciar, usa el cojín. ¡Vaya! ¿Por qué has salido tan tarde de casa? ¿Todos están bien?

Le da la bienvenida igual que siempre, y eso le hace sentir que está sentada sobre una estera de agujas; es doloroso que la trate como a una señora. Aguantándose, se traga las lágrimas.

—Sí, todos están bien. Perdónenme, hace mucho tiempo que no los visito. Usted y madre, ¿están bien?

—Sí, yo ni siquiera estornudo. Tu madre a veces, ya sabes, sufre una de esas dolencias femeninas, pero, como es algo que se le pasa completamente con medio día que esté en cama, no hay problema. —Y suelta una carcajada vigorosa.

—No veo por aquí a Ino, ¿ha salido esta noche a algún sitio? ¿Estudia, como siempre?

—Hace un momento Ino se ha ido a la escuela nocturna. A tu hermano, gracias al cielo, hace poco le han subido el sueldo y su jefe le tiene aprecio, por eso nos sentimos tan tranquilos. En casa, todos los días decimos que eso también se lo debemos al patrocinio del señor Harada. Estoy segura de que tú no cometes ningún error, pero, igual que hasta ahora, en adelante haz todo lo posible para que el señor Harada esté a gusto. Como sabes, tu hermano Ino tiene un carácter taciturno y, aunque se encuentre con él, no será capaz de dirigirle más que un sencillo saludo. Por lo tanto, tú, como mediadora, transmítele nuestro agradecimiento y haz el favor de pedirle por el futuro de Ino. Ya que ahora estamos justamente en el cambio de estación, el tiempo es malo. ¿Tarō sigue tan travieso como siempre? ¿Por qué no lo has traído esta noche? Su abuelo también lo echa de menos —le dice su madre con una sonrisa de alegría mientras sirve el té.

De nuevo se siente muy triste.

—Pensé en traerlo, pero, como el niño ya quiere irse a la cama apenas oscurece, está dormido desde hace mucho. Por eso lo he dejado. Cada día es más travieso y no obedece en absoluto. Si yo salgo, viene tras de mí. Si estamos en casa, solo quiere estar a mi lado; verdaderamente, necesita tantos cuidados que no sé qué hacer. ¿Por qué será así? —Al pronunciar estas palabras, se acuerda de él y las lágrimas se agolpan en su pecho.

Lo ha dejado en casa y ha venido hasta la de sus padres con determinación, pero, a estas horas, Tarō debe de haberse despertado y estará llorando, preguntando por su mamá. Ha de estar molestando a las sirvientas, aunque ellas traten de consolarlo con una galletita o con una golosina. O, tal vez, todas le están tironeando de las manos y fingiendo que van a sacarlo fuera, mientras lo amenazan con el cuento de que un ogro se lo va a comer. ¡Ay! ¡Qué cosa más cruel ha hecho! Quisiera gritar y llorar, pero sus padres parecen tan contentos que no puede decírselo. Para disimular las lágrimas con el humo del tabaco, da dos o tres caladas a la pipa y finge toser, ocultando las lágrimas que asoman a sus ojos, que seca con la manga del kimono interior.

—Esta noche corresponde al día 13 del calendario antiguo. Es una costumbre anticuada, pero como un remedo de la contemplación de la luna llena he preparado unas bolitas de arroz y se las he puesto como ofrenda. Ya que a ti te gustan también, pensé darte algunas por medio de Ino, pero Inosuke, francamente, con aire desconcertado me dijo: «No le mandes esas cosas». Además, ya que tampoco te envié nada la noche del día 15[4], pensé que era malo mandártelas solo hoy, día 13. A pesar de que quería que las probaras, no pude dártelas. Es como un sueño que estés aquí esta noche. De verdad, creo que te transmití mis deseos. En tu casa debes de comer toda clase de delicias, pero algo preparado por una madre es cosa aparte. Libérate del papel de señora y esta noche vuelve a ser la Seki de antes. No te preocupes por tu apariencia, déjame verte comer lo que te gusta: unas bolitas de soja verde y de castañas. Tu padre y yo siempre decimos que es evidente que tú has ascendido socialmente, y que a los ojos de la gente gozas de una posición excelente, pero relacionarte con personas de clase alta y que te llamen la esposa del señor Harada en ocasiones ha de ser penoso. Debe de ser difícil el trato con las sirvientas y atender a toda la gente que entra y sale de la casa. Las personas que están por encima de los demás sufren muchas dificultades. El hogar de tus padres es así de humilde, por eso me imagino que tienes que ser aún más prudente para que no te menosprecien. Al pensar en todo esto, aunque tanto tu padre como yo, naturalmente, deseamos ver las caras de nuestra hija y nuestro nieto, nos abstenemos de ir a visitarte con demasiada frecuencia. De hecho, aunque a veces pasemos

4 El día 15 de agosto del calendario antiguo. Se consideraba que, esta noche y la del 13 del mes siguiente, la luna llena era la más hermosa y que era de mala suerte festejar solo una de las dos.

frente a tu puerta, vestidos con un kimono de algodón y llevando un paraguas barato, contemplamos la persiana de bambú de la planta alta que está frente a nuestros ojos y únicamente pensamos: «¡Ah! ¿Qué estará haciendo Seki?» y pasamos de largo. Si por lo menos la casa de tus padres fuera un poco más adinerada, estarías orgullosa y, aun teniendo las mismas dificultades, te sentirías más relajada. Sea como sea, en esta pobre casa, aunque yo me empeñe en darte unas bolitas para admirar la luna llena, hasta la caja lacada para presentarlas es tan modesta que es algo digno de vergüenza. Puedo imaginar tu pena.

La madre está contenta de verla, pero, como no puede visitarla tanto como quisiera, se lamenta de su humilde condición social.

—Creo que soy verdaderamente ingrata con mis padres. Es natural que cuando visto kimono de seda y uso el *jinrikisha* de mi marido para salir me vea estupenda, pero no puedo hacer lo que quiero por padre y por ti. Digamos que solo es mi apariencia. Pero me sentiría mucho mejor si viviera a vuestro lado, aunque tuviera que trabajar —empieza a decir Seki.

—Tonta, tonta, no debes decir eso ni en broma. Una mujer que se ha casado no puede pensar ni siquiera en ayudar económicamente a sus padres. Cuando estabas en casa, eras hija de los Saitō, pero, desde que te casaste, eres la señora esposa de Harada, ¿o no? No habrá ningún problema si mandas dentro de la casa de una forma que le agrade a Isamu, tu marido. Aunque digas que es penoso, seguro que puedes soportar cualquier cosa, puesto que eres una persona con tan buena suerte. Las mujeres sois unas quejicas; tu madre dice cosas absurdas y me pone en apuros. Ha estado diciendo que te debía las bolitas de arroz, y hoy todo el día ha estado muy enfadada. Parece que las ha hecho con gran entusiasmo. Come bastante y haz que se tranquilice. Han de estar muy buenas —dice su padre con buen humor, lo que de nuevo le impide sincerarse.

Con agradecimiento se sirve las ricas bolitas con castañas y soja verde que le ofrecen.

«Durante los siete años de su matrimonio, hasta ahora nunca había venido tan tarde después del anochecer, nunca había venido sola y sin traernos algún regalo. ¿Serán los nervios? El kimono que viste no parece tan espléndido como siempre. No me he dado cuenta de eso por la alegría de ver a mi hija, que rara vez viene. Pero no ha traído ni un saludo del yerno. Muestra una sonrisa forzada; en el fondo parece que está desanimada. Sin duda existe alguna razón», piensa su padre y, mirando el reloj que está sobre el escritorio, dice:

—Oye, pronto serán las diez. ¿Está bien que pases aquí la noche? Si vas a regresar a casa, es mejor que lo hagas enseguida —insinúa escudriñando el corazón de su hija.

Ella vuelve a levantar la cabeza para ver el rostro de su padre.

—Padre, he venido porque quiero pedirle un favor. Le ruego que me escuche. —Su expresión se vuelve adusta y pone las manos sobre el tatami. En ese momento, por primera vez, las experiencias dolorosas acumuladas se derraman convirtiéndose en llanto.

—Adoptas una actitud ceremoniosa, ¿de qué se trata? —pregunta el padre con aire inquieto y avanza hacia su hija de rodillas.

—Esta noche me he marchado de la casa de Harada con la determinación de no regresar más. No me he ido con el permiso de Isamu. Dormí a Tarō y he salido con la decisión de no volver a verle el rostro. Engañé y dormí al niño, que rechaza los cuidados de otra persona que no sea yo. Mientras él está soñando, yo me he convertido en un demonio y he abandonado mi hogar. Padre, madre, compréndanme, por favor. Hasta hoy, yo nunca les he hablado ni una sola vez acerca de Harada. A nadie le he dicho nada sobre Isamu y yo, pero lo he pensado cien veces, mil. Durante dos años o tres no he hecho más que llorar. Finalmente, padre, hoy he tomado la firme decisión de pedirle que le solicite a mi marido el documento de divorcio. Se lo suplico, consígame ese papel, por favor. A partir de hoy trabajaré, haré labores extra o cualquier cosa, me esforzaré por ser un apoyo para Ino, por eso, por favor, déjenme quedarme aquí como soltera toda la vida. —Se deshace en llanto, pero trata de contenerse y muerde con fuerza una manga de su kimono interior.

Los motivos de bambúes en negro de sus mangas parecen diluirse como trazos de pincel con tinta china debido a las lágrimas, y se vuelven de un morado negruzco. Es patético.

—¿Por qué razón? —sus padres la interrogan aproximándose.

—Hasta ahora he guardado silencio. Si ustedes estuvieran presentes durante medio día en nuestra casa, cuando mi marido y yo estamos frente a frente, creo que lo comprenderían. Él me dirige la palabra solo cuando necesita algo y siempre me da órdenes fríamente. Por la mañana, cuando nos levantamos, si le pregunto cómo está, no me contesta, desvía la mirada y, de manera poco natural, elogia las flores silvestres del jardín. Esto me causa enojo, pero me aguanto porque se trata de mi esposo. Yo nunca he peleado con él. Sin embargo, desde que desayuna, me reprocha mi torpeza y mi mala crianza sin cesar duramente delante de las criadas. Eso, bueno, puedo soportarlo, pero cuando habla me menosprecia diciendo que no estoy instruida, que no soy educada. Es cierto, no soy alguien que haya asistido a una escuela de señoritas aristócratas. Tampoco he aprendido arreglo floral, la ceremonia del té, ni a cantar ni a pintar como las esposas de sus colegas, por lo que tampoco puedo hablar con él sobre esos temas. Aunque, si me ve incapaz de desenvolverme, con discreción debería hacer que aprendiera. No debería pregonar públicamente cosas malas de mi familia, de manera que las mujeres del servicio se burlen de mí. Cuando me casé, más o menos durante medio año, me trataba muy bien: «Seki, por aquí», «Seki, por allá», pero desde que me quedé embarazada del niño cambió totalmente. De solo recordarlo, me horrorizo. Parece que me hubieran arrojado a una hondonada tenebrosa y desde entonces no puedo ver la tibia luz del sol. Al principio pensé que era alguna broma y que me trataba con dureza a propósito. Pero, como si se hubiera hartado de mí, me maltrataba, me vejaba, me atormentaba a más no poder y yo pensaba: «Si hago tal cosa, ¿se irá de casa? Si hago aquella otra, ¿me pedirá el divorcio?». Padre, madre, ustedes conocen mi carácter. Aunque mi esposo hubiera enloquecido por una *geisha*[5], aunque tuviera una amante, yo no me pondría celosa por algo así. Si bien escucho tales rumores de las criadas, es natural, ya que es una persona con un trabajo tan importante. Pienso que no es raro que los hombres tengan una amante. Cuando sale, tengo cuidado con su ropa y procuro que nada vaya contra su voluntad. A pesar de eso, le fastidia todo lo que yo hago, y hasta sobre las cuestiones cotidianas más insignificantes dice que el hogar no es agradable porque su mujer lo hace todo mal. Si por lo menos me dijera qué es lo que está mal, o lo que no le gusta, pero únicamente se burla diciendo que soy una inútil, una mujer insignificante, que no entiendo nada, que no puede consultar nada conmigo.

5 Mujer que atiende a los clientes en festines y los divierte con artes de entretenimiento, como tocar el *shamisen*, cantar, bailar, etcétera.

O bien: «Te tengo en esta casa como ama para criar a Tarō». En verdad, ese hombre no es mi marido, sino un demonio. No me ha dicho que me vaya de casa con su propia boca, pero yo, con esta debilidad de espíritu y cautivada por el encanto de Tarō, no me enfrento a él, me diga lo que me diga. Cuando escucho sus reproches, solo le contesto: «Sí, sí». Entonces, él responde: «Ni siquiera reaccionas, eres una apocada, una boba, por eso no me gustas». Sin embargo, si le respondiera valientemente con alguna objeción, por pequeña que fuera, lo aprovecharía como pretexto para echarme de casa, eso es evidente. Madre, a mí no me importa dejar esa casa y venirme aquí, no creo en absoluto que divorciarme del respetable, solo de nombre, Harada Isamu, sea algo lamentable. Pero, cuando pienso en que Tarō, quien ignora todo, se quedará sin su madre, me faltan las fuerzas para actuar conforme a mi voluntad. Hasta ahora, le he pedido perdón, lo he halagado, me he humillado ante cosas insignificantes y he soportado todo sin chistar. Padre, madre, soy infeliz... —Así, dejando aflorar su despecho y su tristeza, relata cosas inimaginables para sus padres.

Ellos intercambian miradas. ¿Será tan mala la relación con su marido? Atónitos, se quedan en silencio durante un rato. Una madre por lo general es indulgente con sus hijos: cada una de las palabras que ha escuchado cala en su alma y la mortifica.

—No sé qué pensará tu padre, pero desde un principio no fuimos nosotros quienes le pedimos que te tomara por esposa. ¿Cómo se atreve a decir cosas arbitrarias como que eres de extracción humilde y que no fuiste a la escuela? Quizás ese señor lo ha olvidado, pero yo recuerdo claramente hasta el día. Fue en el Año Nuevo en que tenías diecisiete años, era la mañana del día 7, aún no habíamos quitado las decoraciones de Año Nuevo. Estabas jugando al volante con la pequeña de la casa vecina, frente a nuestra antigua casa de Sarugakuchō. El rehilete blanco que había lanzado la niña cayó dentro de un *jinrikisha* que pasaba por allí. Dentro iba el señor Harada y tú fuiste a recogerlo. Quedó prendado de ti desde el momento que te vio por primera vez, y a través de un mediador pidió tu mano insistentemente. No sé cuántas veces lo rechazamos diciendo que nuestra condición social no concordaba con la suya, que tú todavía eras una niña y que no habías aprendido nada para convertirte en ama de casa. Acerca de los preparativos, le contamos cuál era la situación económica de nuestra familia, por lo que no podíamos hacer ningún gasto. Sin embargo, él insistió: «No va a tener unos suegros fastidiosos. Puesto que yo la quiero y soy quien va a casarse con ella, no es necesario mencionar nada sobre la posición social. Respecto a lo que debe saber para ser ama de casa, puedo enseñarle después de casarnos. Tampoco necesitan preocuparse por eso. De cualquier forma, si me la entregan como esposa, me ocuparé de ella». Nos apremiaba con insistencia y, aunque no se lo pedimos, él se ocupó hasta de los preparativos. Por decirlo así, tú eres su querida esposa. Si tu padre y yo nos hemos abstenido de visitarte con tanta frecuencia no es porque temamos la posición social de Isamu. No te dejamos ir con él como su amante. Fue legítima y debidamente. Un sinnúmero de veces nos envió al intermediario a pedir tu mano y al final se casó contigo. Somos los padres de la esposa a quien él quería tanto. Podemos visitar su casa sin reserva, pero allí vivís de manera lujosa, mientras que aquí vivimos de forma humilde. Por eso los demás podrían pensar que vamos a pedirle algo o que estamos recibiendo ayuda de tu esposo; eso sería humillante. Así que, por dignidad, no vamos a ver la cara de nuestra hija aunque queramos hacerlo, y, en cuanto al trato formal, hacemos todo lo que es conveniente dada su condición social. A pesar de eso, ¡qué absurdo!, se pone soberbio como si hubiera recogido a una muchacha huérfana. ¿Cómo puede decir que no sabes hacer las cosas? Si te quedas callada, su soberbia no tendrá límites y se convertirá en un vicio. En primer lugar, debilita la autoridad de la esposa frente a las criadas y al final no habrá nadie que te obedezca. Para la educación de Tarō también, ¿qué hará si el niño quiere burlarse de su madre? Lo que hay que decir, debes decirlo con firmeza y, si tu marido te reprocha que está mal, contéstale: «Yo también tengo casa» y vente aquí, ¿no crees? Realmente es absurdo. ¿Por qué has guardado silencio hasta ahora ante algo así? Eres demasiado dócil, por eso ha empeorado su egoísmo. Solo de escucharte me da rabia. Ya no es necesario que tengas tantas reservas. ¡Qué importa cuál sea su posición social! Tú tienes padre y madre. Aunque todavía no es un adulto, tienes a Inosuke, tu hermano mayor, por lo que no hay necesidad de que te quedes inmóvil en medio de ese fuego. ¿Verdad? —Y dirigiéndose al padre—: ¿No crees que deberías ver a Isamu y recriminarlo severamente? —sugiere la madre enloquecida por la indignación.

Su padre desde hace un rato está cruzado de brazos y mantiene los ojos cerrados.

—Oye, no debes decir disparates —reprende a la madre—. También es la primera vez que escucho esto, pero estoy meditando acerca de qué hacer. Tomando en cuenta el carácter de Seki, no le ha de ser fácil expresar estas cosas. Al parecer se ha ido de su casa porque le debe de ser muy difícil de soportar. A propósito, ¿tu marido no está en casa esta noche? ¿Ha sucedido algo excepcional? ¿Finalmente te ha pedido el divorcio? —le pregunta a su hija con calma.

—Mi marido no ha vuelto a casa desde anteayer. Es normal que se ausente durante cinco o seis días. No creo que sea algo tan raro. Pero, al irse, me dijo que las prendas del kimono que yo le había preparado no combinaban bien y no importó lo mucho que me disculpara, no me escuchó. Se desvistió, tiró el kimono y él mismo se vistió con ropa occidental. «Estoy seguro de que no hay nadie más infeliz que yo: con una mujer como tú, ¿qué puedo esperar?», me soltó y luego se marchó. No sé qué decir. Los trescientos sesenta y cinco días del año no abre la boca y, cuando dice algo, es para reprocharme con palabras crueles. ¿He de vivir así a cambio de ser llamada esposa del señor Harada? ¿O debo seguir diciendo que soy la madre de Tarō como si no hubiera pasado nada? Yo misma desconozco el límite de mi paciencia. Ya no tengo ni marido ni hijo. Si pienso en los tiempos en que aún no estaba casada, todo iba bien. Mientras veía dormido a Tarō, he tomado la decisión de dejar a ese niño tierno que no comprende nada todavía, y ya no puedo volver nunca más al lado de Isamu. Se dice que los niños se crían bien aunque no tengan padres; es mejor que lo críe alguien a quien su padre quiera, ya sea una madrastra o una amante, en lugar de una madre desventurada como yo. En ese caso, su padre también lo mimará y en el futuro eso será bueno para él. Esta noche todo se ha terminado, no volveré allí, pase lo que pase —les dice esto resueltamente, pero, aunque lo intente, acabar con el amor hacia un hijo es imposible, lo que hace que le tiemble la voz.

—Es natural. Has de sentirte incómoda. ¡Es un problema serio! —dice su padre suspirando. Durante un rato ha estado contemplando la cara de Seki, pero, viendo su aspecto, su peinado de mujer casada, la base de su cabello enrollada con un aro de oro y que lleva con naturalidad un *haori*[6] de crepé de seda negra, piensa:

6 Chaqueta holgada y corta que se pone sobre el kimono.

«Es mi hija, pero no sé en qué momento ha adquirido el aire de toda una dama. Hacerla cambiarse este peinado por otro más vulgar, vestir con una *hakama*[7] de algodón de tela ordinaria, ponerse un cordón para plegar las mangas, hacerla cocinar y lavar, ¿cómo podría yo resistirlo como padre? Además, también está Tarō. Por un momento de furia, perder la felicidad de cien años, convertirse en objeto de burla; si vuelve a su antigua condición de hija de Saitō Kazue[8], haga lo que haga, nunca volverá a ser llamada la madre de Harada Tarō. Aunque no sienta mucha pena por el marido, no puede acabar con el amor hacia su hijo, por lo que, si se separan, sufrirá más. Y quizás añorará su sufrimiento actual. Es mala suerte que haya nacido tan hermosa. ¡Que sufra tanto por haberse unido en matrimonio con alguien de diferente clase social!». El sentimiento de compasión es muy poderoso, pero prosigue—: No, Seki, si te digo esto, es probable que pienses que tu padre es despiadado y que no te comprende. De ninguna forma te voy a reprochar nada, pero, si las posiciones sociales no coinciden, es natural que también haya diferencias en lo que se piensa. Aunque una esté dedicada al otro con sinceridad, según la forma en que se interprete, es probable que se vea como un fastidio. Isamu, como siempre te decimos, comprende la razón de las cosas,

7 Pantalón largo de pernera ancha y con pliegues que se viste con el kimono.

8 El hecho de que el padre use apellido y nombre propio indica que es de origen samurái y que se enorgullece de ello, aunque sea pobre.

es un hombre inteligente y también muy erudito. No creo que te maltrate sin ton ni son. Sin embargo, los hombres que son elogiados por su capacidad intelectual suelen ser terriblemente caprichosos. Fuera de casa, aunque haya asuntos desagradables, los pasan por alto y manejan todo muy bien. Pero, cuando regresan, llevan consigo hasta las discusiones de su trabajo y se desahogan en su hogar. Imagino que la persona en quien descargan sus problemas debe de sufrir bastante. Pero ese es el deber de una mujer con un marido de tan alto rango. Tiene una categoría diferente a la de un empleado de ayuntamiento que se toma en la oficina su almuerzo y mantiene a su familia. Por esa razón, tal vez sea exigente, irascible, pero el papel de la esposa es ir controlándolo para que su marido se sienta de buen humor. Quizás no se vea en la superficie, pero no todas las mujeres a quienes el mundo llama señoras han de tener una relación alegre y feliz con su marido. Cuando cada una piensa que es la única que sufre por estos problemas, entonces surge el resentimiento. Su función es aguantar las dificultades. Especialmente, en tu caso, como hay esta diferencia de clase, es lógico que tu sufrimiento sea doble. Tu madre habla sin reflexionar desde su propia condición social. También el sueldo mensual que ahora gana Ino, a fin de cuentas, ¿no es gracias a la mediación del señor Harada? No le debemos uno, sino muchos favores, aunque sea de manera indirecta; no podemos negar que hemos recibido su benevolencia. Por eso, aunque sea doloroso, por tus padres, por tu hermano y, ya que tienes a ese niño, Tarō, si has podido tener paciencia hasta ahora, debes poder tenerla también de ahora en adelante. Una vez que tomes la carta de divorcio y salgas de tu casa, en ese momento, Tarō solo será hijo de Harada y tú volverás a ser la hija de los Saitō. Una vez que se rompan esos lazos, nunca más podrás ir a verlo. Si se trata de llorar por ser infeliz, llora, llora a mares como esposa de Harada. Mira, Seki, ¿no te parece que es así? Si te he convencido, guarda todo en tu corazón y, como si nada hubiera pasado, regresa a casa esta noche. Por favor, guarda silencio y sigue viviendo como hasta ahora. Aunque tú no lo menciones, tus padres y tu hermano te comprendemos. Cuando llores, recuerda que nosotros también lloramos por ti. —Su padre la persuade y se seca las lágrimas.

—Hablar del divorcio ha sido un capricho mío —dice Seki deshecha en llanto—. Entiendo que, si me separara de Tarō y no pudiera volver a ver su cara, no merecería la pena vivir en este mundo. Huir simplemente del sufrimiento que tengo frente a mí no conduce a nada. De verdad, si pienso que estoy muerta, todo a mi alrededor será tranquilidad y paz. Pase lo que pase, ese niño será criado por sus dos padres. A pesar de eso, se me ha ocurrido una idea absurda y hasta a usted, padre, le he hecho oír cosas desagradables. Esta noche será la última, yo desapareceré y solo mi espíritu cuidará del niño. Pensando así, podré soportar hasta cien años algo tan insignificante como el trato de mi marido. Sus palabras me han persuadido, padre. Ya no hablaré más de estas cosas, así que no se preocupen —dice secándose las lágrimas, pero brotan de nuevo desde el fondo.

—¡Qué desdichada es mi hija! —dice su madre, que otra vez llora desconsoladamente por un rato.

En ese momento, la luna en un cielo sin rastro de nubes también se ve triste. Su hermano Ino ha cortado un manojo de espigas silvestres que crecen en la ribera, detrás de la casa, y están puestas en un florero. Las espigas se mecen como si llamaran a alguien con la mano. Es una noche de melancolía.

La casa familiar está ubicada en Shinzakashita, en Ueno; de camino a Surugadai[9]. La oscuridad bajo los árboles del frondoso bosque es triste, pero esta noche la luna brilla con esplendor. Si se sale a la avenida Hirokōji, estará tan animada como si fuera de día. Puesto que en esta casa no se utiliza habitualmente el *jinrikisha*, llaman desde la ventana a uno que pasa por enfrente.

—En todo caso, si te has convencido, regresa a casa. Has salido de allí sin avisar, en ausencia de tu marido. Si te lo recrimina, no tendrás palabras para justificarte. Aunque es un poco tarde, en *jinrikisha* llegarás muy pronto. Otro día iré a hablar contigo. Ante todo, esta noche vuelve a casa... —La toma de la mano y la conduce afuera. En esto también consiste el corazón piadoso de un

9 Ahí está ubicada la casa de Harada. Por ese entonces era una zona de casas lujosas en Tokio.

padre que trata de evitar que las cosas se compliquen con la salida de la esposa de la casa marital.

Seki con resignación se muestra decidida:

—Padre, madre, lo de esta noche no se repetirá. Una vez en casa volveré a ser la esposa de Harada. Siento haber hablado mal de mi esposo, no volveré a hacerlo nunca más. Me casé con un marido excelente, y también seré un buen apoyo para mi hermano, por lo tanto, tranquilícense y pónganse contentos. Yo no deseo nada más. Nunca más, nunca tendré ideas insensatas, así que tampoco deben preocuparse por eso. Desde esta noche pensaré que mi cuerpo pertenece a Isamu y no me importará atender a sus deseos. Así pues, me voy. Cuando regrese Ino, salúdenlo de mi parte. Padre, madre, sigan bien. La próxima vez vendré sonriente... —Con estas palabras, Seki se pone de pie resignada.

Su madre sale trayendo el monedero con algo de dinero y le pregunta al cochero que está esperando frente a la casa:

—¿Cuánto cobra por ir hasta Surugadai?

—Madre, lo pago yo, gracias. —Se despide con formalidad y sale por la puerta de rejilla. Se cubre la cara con la manga para ocultar las lágrimas y sube al carrito. ¡Qué tristeza!

Dentro de la casa, su padre carraspea, pero ese carraspeo también está enturbiado por las emociones.

2

El sonido del viento acompaña a la luna claramente dibujada y se escucha a intervalos el chirrido de los insectos. Ueno parece triste.

Después de haber entrado en esa zona, apenas recorridos unos cien metros, el cochero —quién sabe por qué razón— se detiene por completo.

—Discúlpeme, es algo difícil de decir, pero permítame que me pare aquí. No necesita pagarme nada, pero baje, por favor —dice el conductor de repente.

Por ser una decisión inesperada, el corazón de Seki da un salto.

—Oye, tú, al pedirme una cosa así, ¿no crees que me pones en problemas? Además tengo un poco de prisa. Te daré una propina, así que, por favor, haz un esfuerzo. En este sitio tan solitario seguro que no encontraré otro carrito, ¿no te parece? Eso se llama poner en apuros a la gente, no rezongues y sigue adelante... —Seki tiembla un poco cuando se lo pide.

—No es porque quiera que me dé algo extra. Se lo suplico. Haga el favor de bajarse. Estoy harto de arrastrar esto.

—Entonces, ¿es que te sientes mal? Pero ¿qué te pasa? Has venido tirando del *jinrikisha* hasta aquí, no basta con decir «Ya estoy harto», ¿no te parece? —regaña al cochero, imprimiendo un tono imperativo a su voz.

—Perdóneme, por favor, pero es absolutamente imposible, estoy harto. —Con un farolillo en la mano se hace a un lado con brusquedad.

—Eres un cochero caprichoso, ¿verdad? Entonces no te diré que vayas hasta el sitio convenido. Bastará con que me lleves adonde pueda tomar otro *jinrikisha*. Te pagaré, así que llévame por lo menos hasta la avenida Hirokōji —le dice con voz dulce como si tratara de apaciguarlo.

—Tiene razón, usted es una señora joven y, si la hago bajar en este sitio solitario, de seguro pasará apuros. Yo tengo la culpa. La llevaré, yo la acompañaré. Se debe de haber quedado sorprendida, ¿verdad?

No parece un bribón, y sosteniendo el farolillo regresa al timón. Por fin, Seki respira aliviada, se siente tranquila y observa el rostro del cochero: es un hombre de unos veinticinco o veintiséis años, de piel morena, estatura baja y delgado. ¡Ah!, el rostro vuelto contra la luna, ¿de quién es? Se parece a alguien, tiene el nombre en la punta de la lengua.

—Oye, tú —lo llama sin saber por qué.

—¡Eh! —El hombre, sorprendido, levanta la cabeza.

—Mira, si eres tú, ¿o no? Es imposible que te hayas olvidado de mí, ¿o sí? —Seki se apea del carrito como si se deslizara y lo observa con atención, detenidamente.

—Eres Seki, la hija del señor Saitō. Tengo vergüenza de mí mismo, con este aspecto. Como no tengo ojos en la espalda, no me había dado cuenta en absoluto. Aun así, debí reconocerte por la voz, me he vuelto demasiado lerdo... —Baja la vista avergonzado.

Seki lo mira de los pies a la cabeza.

—No, incluso yo, si te hubiera encontrado en la calle, no te habría reconocido. Hasta hace un momento solo pensaba que eras un cochero desconocido. Por eso es natural que no te hayas dado cuenta de que era yo. Ha sido una falta de respeto haberme subido en el carrito que tú tirabas, pero no lo sabía, así que discúlpame. ¿Desde cuándo te dedicas a esto? ¿No perjudica tu salud tan débil? En algún sitio escuché el rumor de que habían enviado a tu madre a la provincia y que había dejado la tienda de Ogawamachi. Pero, como mi situación no es la misma de antes, había diferentes cosas que me lo impedían y no te pude escribir una carta, y mucho menos ir a visitarte. ¿Dónde vives ahora? ¿Tu esposa está bien? ¿Ya tienes un niño pequeño? Aun ahora, cada vez que voy de visita a los almacenes de Ogawamachi, la tabaquería que tenías está tal cual, ahora es una tienda llamada Notoya. Cuando paso por ahí, sin querer vuelvo la vista y me acuerdo: ¡ah!, Kōsaka Rokunosuke, cuando éramos niños, al ir y volver de la escuela, pasábamos a tu tienda y me regalabas el polvo de tabaco sobrante de los cigarrillos, que nos fumábamos en pipa presumiendo de ser adultos. Yo me preguntaba qué estarías haciendo y dónde, ya que eres una persona tan afectuosa en este mundo tan difícil. Me preocupaba cómo estarías arreglándotelas en la vida. Y, cada vez que iba a la casa de mi familia, preguntaba pensando que quizás sabían algo, pero se fueron de Sarugakuchō hace cinco años. No he tenido suerte de saber noticias tuyas. ¡Cómo te he echado de menos! —le dice Seki, olvidando su propia situación.

—He caído en una condición vergonzosa —dice el hombre secándose con una toalla el sudor que le resbala—. Ahora no tengo ni casa, duermo en la planta alta de un hostal barato llamado Murata, en Asakusamachi. Cuando tengo ganas, tiro de este *jinrikisha* hasta tarde, como esta noche. O bien, si me aburro, me paso todo el día holgazaneando. Llevo una vida vana como el humo. Tú estás tan hermosa como de costumbre. Desde el momento que oí que te habías casado, me preguntaba si por lo menos una vez podría ver tu rostro. O si intercambiaríamos palabras alguna vez en la vida. Hacía este ruego como si fuera un sueño. Hasta el día de hoy, no amaba la vida y la trataba como algo que se desecha, pero, gracias a que tengo esta vida, he podido encontrarte. ¡Ah! ¿Cómo te has acordado de que yo era Kōsaka Rokunosuke? Te lo agradezco... —Y baja la cabeza.

—No pienses que eres el único que vive en este mundo cruel —dice Seki derramando abundantes lágrimas—. A propósito, ¿y tu esposa?

—La conoces, ¿verdad? Era la hija de los dueños de la tienda Sugitaya que estaba casi enfrente de la tabaquería. Es una mujer a la que todo el mundo elogia, por tener una piel muy blanca y buena figura. Yo me entregaba por completo al libertinaje y no paraba en casa. Al ver ese comportamiento disoluto, uno de mis testarudos parientes equivocadamente supuso que yo actuaba así porque no me había casado cuando debí haberlo hecho. A mi madre le gustó esa joven y me insistió para que me casara con ella; llevaron adelante los planes de boda de manera fastidiosa. Yo dejé que las cosas ocurrieran de cualquier forma y la recibí en mi casa justamente cuando escuché que estabas embarazada. Un año después, en mi casa también me felicitaban por el nacimiento de mi hija y, así, para celebrar el venturoso acontecimiento, pusimos en fila unos perros de papel y molinetes. Pero eso no detuvo mi vida disoluta. La gente quizás pensó que, si me casaba con una mujer de cara bonita, iba a dejar el vicio, o que, si tenía un hijo, cambiaría. Pero estaba claro que mi libertinaje no se curaría ni aunque me trajeran a Komachi[10] o a Seishi[11] ni aunque Sotōrihime[12] danzara frente a mí. ¿Cómo podría cambiar mi forma de ser solo por ver la cara de una niña que huele a leche materna? Me divertía, gozaba, me entregaba al placer, bebía, bebía a más no poder. Abandoné mi hogar y mi trabajo, y hace tres años me quedé sin nada. Mi madre fue acogida por mi hermana mayor, quien se había casado en una provincia, y a mi mujer y a mi hija las mandé a la casa

10 Ono no Komachi, una hermosa poetisa japonesa del siglo IX, es una belleza representativa en Japón.

11 Una beldad de la China antigua (siglo V a. C.).

12 Una hermosa princesa del antiguo Japón (siglo V a. C.).

de sus padres y no tengo noticias suyas. Mi hija era una niña, y no lamenté su pérdida cuando supe que también ella, a finales del año pasado, había contraído el tifus y había muerto. Las niñas suelen ser precoces por lo que, al morir, quizás dijo «papá» o algo así. Si aún viviera, este año cumpliría cinco años. ¡Qué vida tan indigna la mía! No merece la pena que la cuente —dice el hombre y una sonrisa triste aparece en su rostro—. Yo tampoco me di cuenta de que eras tú. He sido absurdamente caprichoso y descortés. Por favor, sube, te llevaré. Así, tan de improviso, has de haberte sorprendido cuando dije que te apearas, ¿verdad? Tampoco me dedico a tirar de este *jinrikisha* con entrega. ¿Qué encanto puede tener asir el timón? ¿Qué expectativas se pueden tener imitando a un buey o un caballo? ¿Por recibir dinero, estoy contento? ¿Por poder beber sake, lo paso bien? Si lo pienso, estoy harto de todo. Ya sea que lleve un pasajero o que el carrito vaya vacío, en el momento en que eso me desagrada, me siento totalmente asqueado. Soy un hombre caprichoso, ¡un imbécil! ¿No te doy asco? Bien, sube, por favor, te llevaré.

—¡Vaya! Mientras no sabía que eras tú, no me importaba, pero, ahora que lo sé, ¿cómo puedo subirme a tu *jinrikisha*? Aun así, como me da miedo andar sola por este lugar tan solitario, por favor, acompáñame hasta la avenida Hirokōji. Iremos conversando.

Seki empieza a caminar alzando un poco la falda del kimono, y el ruido que hacen las sandalias de madera lacadas también suena triste.

«Entre mis antiguos amigos, él está ligado a mis recuerdos y no he podido olvidarlo. Era el único hijo del dueño de una tabaquería bonita y limpia, de apellido Kōsaka, en Ogawamachi. Ahora, su piel se ha vuelto oscura y es un hombre miserable, pero antes, cuando llevaba la tabaquería, vestía un conjunto elegante de kimono y *haori*, usaba un delantal fino, era muy hábil para decir cumplidos y era simpático. Tenía buena reputación, se decía que, aunque todavía era joven, tenía un carácter firme y era listo, que la tienda había prosperado más que cuando estaba su padre. A pesar de eso, ¡qué cambio tan impensable ha sufrido! Dicen que, desde que empezaron a circular los rumores de mi casamiento, desesperado, se dio a la mala vida y empezó a vivir para la juerga. En esa época había escuchado que el hijo de Kōsaka se había convertido en otro hombre: que si un demonio lo había tentado, que si le había caído una maldición, que si debía de tener un problema muy serio. Al verlo esta noche, ciertamente tiene un aspecto ruin. ¡Quién iba a imaginar que acabaría pasando la noche en un hostal barato! Este hombre estaba enamorado de mí. Desde los doce hasta los diecisiete años, todos los días, cuando nos encontrábamos frente a frente, yo pensaba que en el futuro me sentaría en su tienda y atendería el negocio mientras leía el periódico, pero se decidió que me casara con un hombre inesperado.

Puesto que me lo ordenaban mis padres, ¿cómo podía decir que no? Yo pensaba casarme con Roku, el de la tabaquería, pero no era más que un deseo infantil. Él nunca me dijo nada, yo mucho menos podía decirle algo. Era un amor como un sueño incoherente, por eso decidí renunciar, desistir, resignarme, y me casé con Harada. Pero, hasta el momento mismo de casarme, no me pude olvidar de este hombre y lloré por él. Igual que yo lo amaba, él me amaba a mí, tal vez por esa razón arruinó su vida. Y yo, con este peinado de mujer casada y un aspecto presuntuoso, ¡cómo debe de estar odiando mi apariencia! Cuando de ninguna manera soy esa persona feliz que todo el mundo piensa».

Seki vuelve la cabeza y dirige la mirada a Rokunosuke. ¿Quién sabe qué andará pensando él? Su expresión es de estupefacción. No parece muy contento de este encuentro casual con Seki.

Al llegar a la avenida Hirokōji, hay otros *jinrikisha*. Seki saca de su cartera algunos billetes y los envuelve con delicadeza en un papel con dibujos de pequeños crisantemos.

—Roku, esto es en verdad una descortesía, pero úsalo para comprar alguna cosa. Al verte después de tanto tiempo, me parece que hay muchas cosas que quiero decirte, pero comprende que no me salgan las palabras. Entonces, adiós, cuídate mucho y no te pongas enfermo. Haz que tu madre tenga pronto tranquilidad; hago votos para que así sea. Vuelve a ser el mismo Roku de antes, permíteme que presencie el momento en que inaugures estupendamente una tienda. Adiós.

Ante estas palabras de despedida, Rokunosuke toma con agradecimiento el envoltorio de papel.

—Debería rehusarlo, pero, por tratarse de algo que proviene de tus manos, lo recibiré y lo recordaré, gracias. Lamento decirte adiós, pero no tiene remedio, es como un sueño. Bueno, que te vaya bien. Yo también me voy, cuando la noche avanza el camino se queda muy solitario —diciendo esto, le vuelve la espalda y empieza a tirar del carrito.

Uno va hacia el este; la otra, hacia el sur. Las ramas de los sauces de la avenida penden lánguidamente iluminadas por la luz de la luna. Bajo su sombra, se aleja el ruido apagado de unas sandalias de madera lacadas. Uno, en la planta alta del hostal Murata, y otra, la esposa de Harada; ambos, bajo circunstancias dolorosas, tendrán mucho en que pensar.

Diciembre del año 28 de Meiji (1895)

Una colección de cuadernos artesanales
con hilo visto en cosido Singer.

satori 悟 hilados

LOS CUADERNOS DE LITERATURA JAPONESA

Los sueños de diez noches

Natsume Sōseki

Gauche, el violonchelista

Kenji Miyazawa

La idiota

Angō Sakaguchi

Noche de plenilunio

Higuchi Ichiyō

La mujer carmesí

Izumi Kyōka

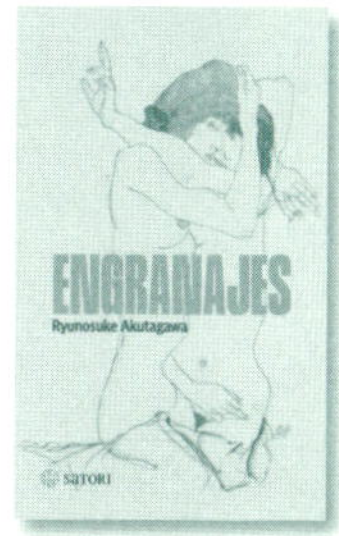

Engranajes

Ryunosuke Akutagawa

Cien vistas del monte Fuji

Osamu Dazai

La butaca humana

Edogawa Rampo

Historia de la mujer convertida en mono

Junichirō Tanizaki

Un karma pasional

Lafcadio Hearn